给路易斯安娜
——米夏埃尔·埃斯科菲耶

谢谢罗阿尔德·达尔的故事，
也谢谢柯蒂斯女士为我朗读这个故事！
——克里斯·迪·贾科莫

图书在版编目（CIP）数据

放屁的苍蝇 ／（法）埃斯科菲耶编文 ；（法）贾科莫绘 ；
李旻谕译． -- 北京 ：北京联合出版公司，2013.2
ISBN 978-7-5502-1346-3

Ⅰ．①放… Ⅱ．①埃… ②贾… ③李… Ⅲ．①儿童文
学-图画故事-法国-现代 Ⅳ．①I565.85

中国版本图书馆CIP数据核字(2013)第021127号

北京市版权局著作权合同登记号：图字01-2013-0679号

La mouche qui pète
©Kaléidoscope 2009
Text by Michaël Escoffier
Illustrations by Kris Di Giacomo
Simplified Chinese translation copyright © 2013 by Beijing Cheerful Century Co.,Ltd
All Rights Reserved.

放屁的苍蝇
（启发精选世界优秀畅销绘本）

作者：（法）米夏埃尔·埃斯科菲耶 绘者：（法）克里斯·迪·贾科莫
选题策划：北京启发世纪图书有限责任公司
台湾麦克股份有限公司
译文顾问：王 林
责任编辑：张 萌 武 霖
美术编辑：李困困

北京联合出版公司出版
（北京市西城区德外大街83号楼9层 100088）
北京盛通印刷股份有限公司印刷 新华书店经销
字数0.6千字 635毫米×965毫米 1/12 印张$3\frac{1}{3}$
2013年2月第1版 2013年2月第1次印刷
ISBN 978-7-5502-1346-3
定价：29.80元

放屁的苍蝇

文:〔法〕米夏埃尔·埃斯科菲耶
图:〔法〕克里斯·迪·贾科莫
翻译:李旻谕

北京联合出版公司

苍蝇对着蝴蝶
放了一个屁。

噗！

蝴蝶很生气，
迅速飞走了。

扑棱扑啦

扑棱扑啦

扑棱
扑啦

一望无际的大草原上，
小黄花摇摇晃晃。

叮咚！

花朵上的露珠
滚落下来。

啪嗒！

湿答答的小虫
直挺挺地钻出泥土,
看上去像极了字母"i"。

癞蛤蟆跃过河堤，
直扑过来。

啵嘤！

骑脚踏车的邮差
跌进了排水沟。

骑脚踏车的邮差
跌进了排水沟。

砰　　　　　　　乒砰

消防车停下来，
救起了他。

荒野森林的大火
越烧越旺。

浓烟缓缓飘到山坡上。

风把浓烟吹得

越来越高，

越来越高……

呼呜呜呜！

飞机看不见前方，
坠落在城里。

石平！

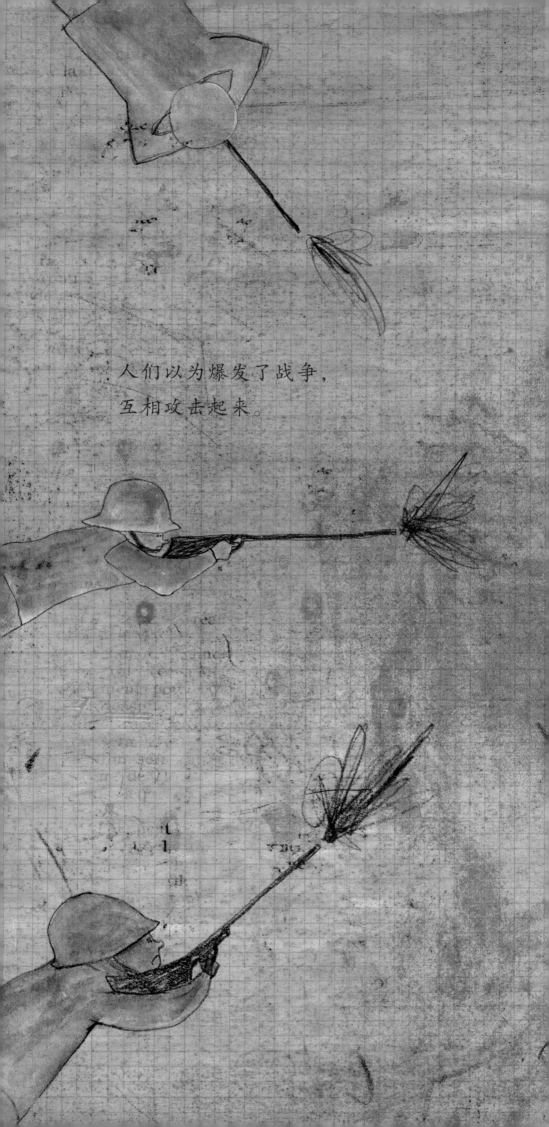

人们以为爆发了战争，
互相攻击起来。

大炮轰轰地响……

坦克全开动了……

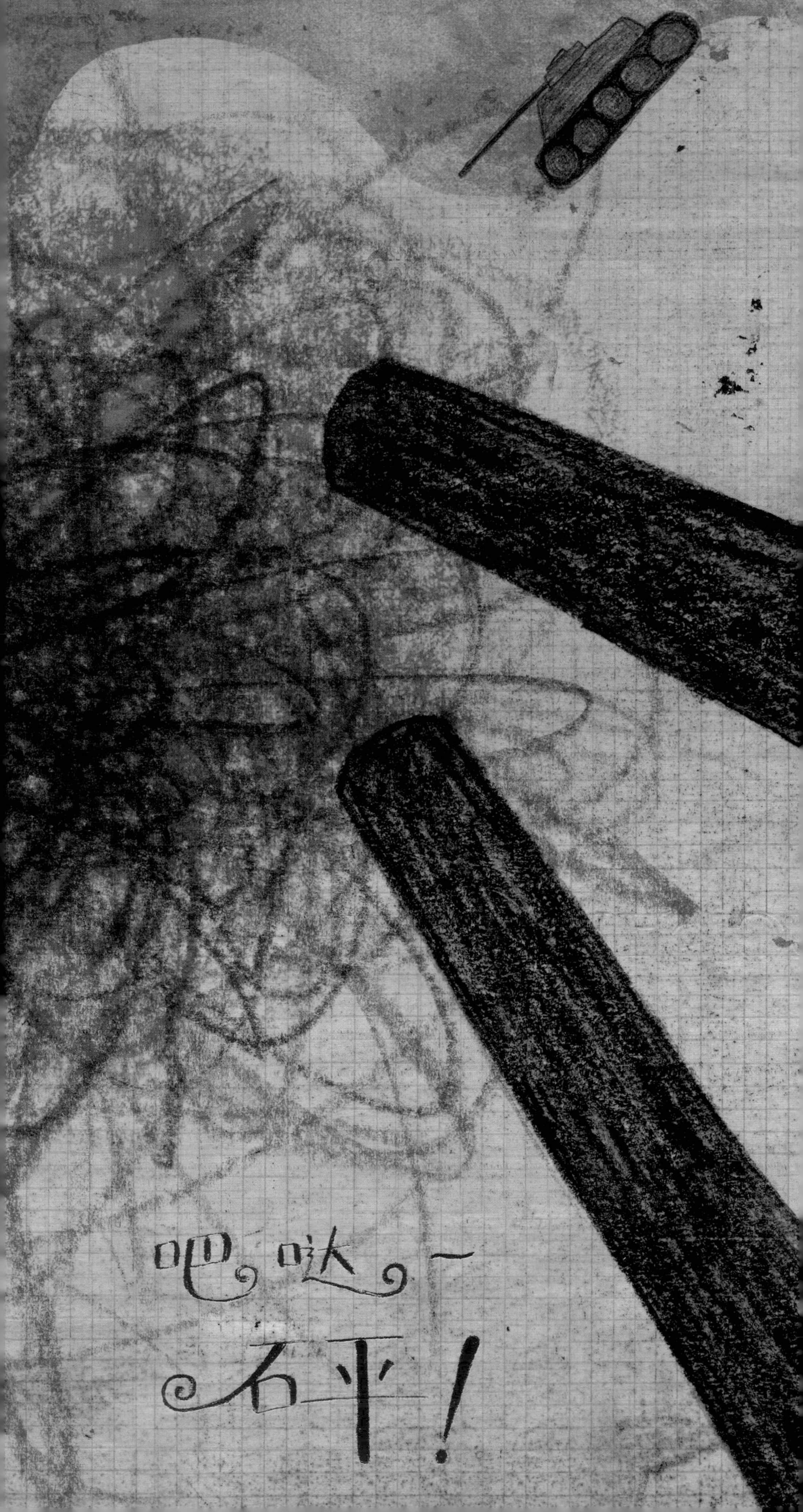

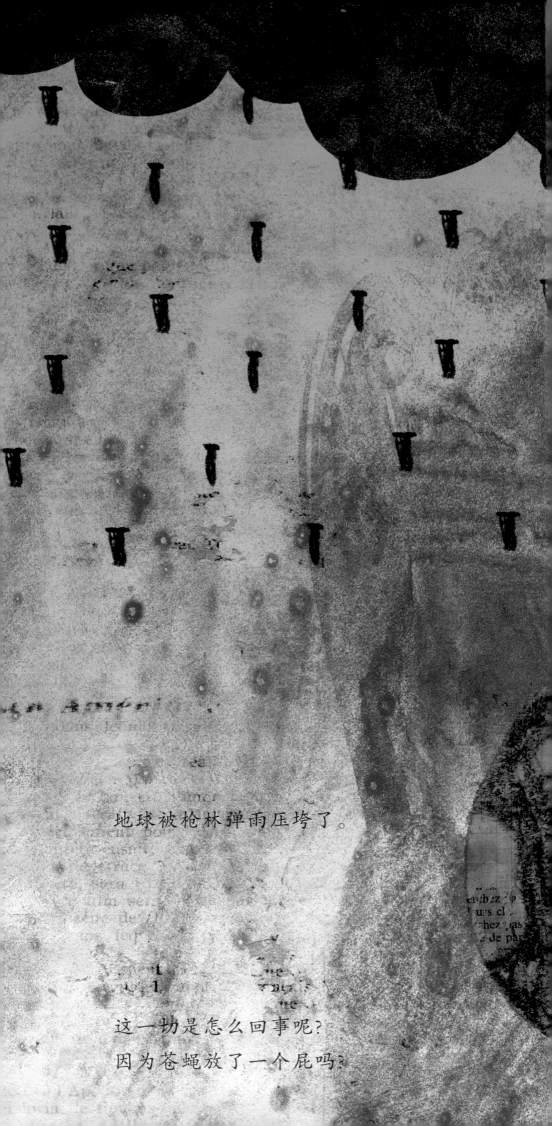

地球被枪林弹雨压垮了。

这一切是怎么回事呢？
因为苍蝇放了一个屁吗？

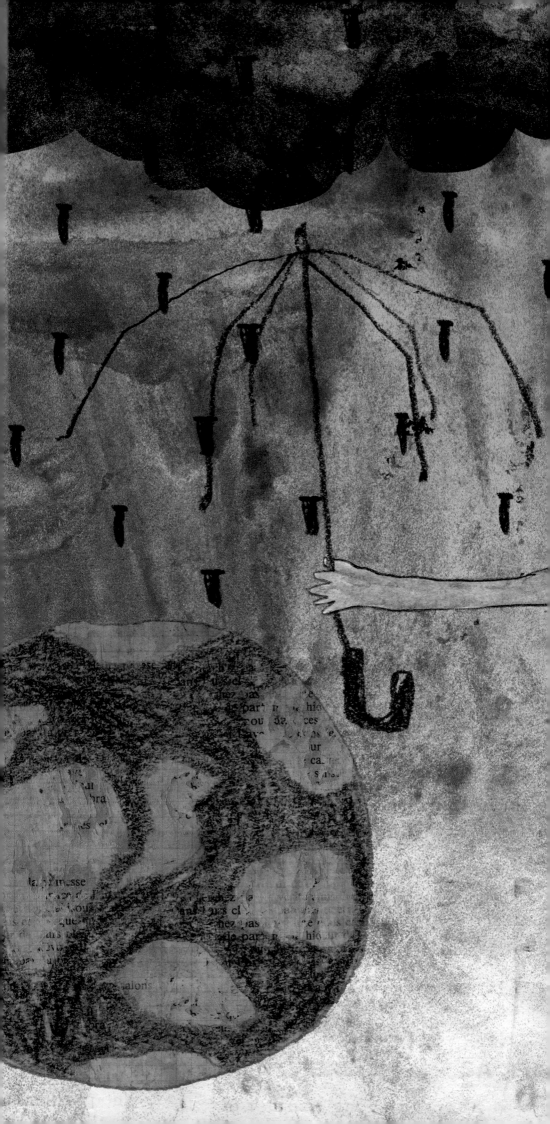

所以呀，如果有一天，
你看到一只苍蝇
对着蝴蝶放屁，
好好告诉它
别这样做。

全世界都会感激你的。